魚住陽子句集

透きとほるわたし

鳥居真里子 編

深夜叢書社

魚住陽子句集

透きとほるおかし

鳥居真里子編

深夜叢書社

透きとほるわたし●目次

第一章 5
第二章 51
第三章 99
第四章 147
正木ゆう子 「透きとほるわたし」に寄せて 196
鳥居真里子 編集にあたって 204
加藤 閑 あとがき 206

装画・イラスト　加藤　閑
装丁　髙林昭太

透きとほるわたし

魚住陽子句集

鳥居真里子 編

第一章

夜濯ぎや頭なきもの濡れてをり

蔦若葉輪郭だけの聖家族
忍野八海草も流れていたりけり

すべりひゆとなって出ていく朝まだき
もらい煙草して夕立のくる気配

存問や蚊帳吊草がお湯に浮き

牡丹園ひとまわりして母が消え

奥付に青き蛾のいる本を閉じ
人の世に山滴って男倦む

おなもみや死ぬまで我は末子かな

兄の胡座ゆるやかなりし枇杷ほうる

芍薬の日々牡丹の日々眠り癖

砂浴びの象の後ろに五月行く

田の神を招ぶ素麺の一握り

百草や婆の髪の数を蒔く

目の澄んだ鰹を提げて来る女

糠蚊払って群青の人柱

鎧煮の豆に皺寄る夕立ちかな

白髪抜く鏡の奥につくつくし

寂しさに蓋する夕べ芋を煮る

桃を詠む男の歌をみな憎み

大欅秋を娶りて耀きぬ

空中で生き物となり木の葉飛ぶ

せせり蝶木の葉の屍体取り囲む
マグノリア嘘の尊きことのあり

夕暮れや母の泰山木ゆるゆる話す

美しき月ゆっくり進む別れかな

白無花果裏返し食う他人のこと

気がつけばイタヤカエデに似た手相

西脇順三郎や猫とも会わず郁子の垣

木の実投げて告白の代わりとす

アブラススキあそこで待てと言われけり

虫の夜今触角のある地球

五つ目の目となり牛膝ついてくる

月夜茸一穂の詩の中にいる

零余子飯一日分の空元気

海は右側秋の真ん中を逸れて行く

晩秋や影は喪服を着ているか

花梨漬け猿梨を漬け日々を漬け

秋の楕円李朝白磁の壺に入り

新涼や薬袋の秤の絵

百夜かけ木の実を落とす山であり

秋天の市に逆さの比内鶏

親芋の根長くして泥負かす

空青く胸に崖あり威銃

耳鳴りしまた雪のくる知らせかと
しずり雪か魂の襤褸落ちかかる

美しき生活の正体よ霙降る

大根ステーキ日本の鬼出て行かず

冬の底で京菜の泥をとっている

男みな滅びし後の枇杷の花

手術前冬菜の寝床見て帰る

流氷や詞のない唄を口ずさむ

羽根付きの点滴針の淑気かな

傷痕に手を置く宣誓のごと

将来は鳥博士になる毛糸帽

冬落葉なにかと言うとすぐ眠る

陰りやすき部屋に蜜柑の神様と
静かなる病い得たりと氷湖言う

透き通るものみな好きで蕪煮る

眠る独楽少し開きし人の唇

如月の雨どこか遠くが濡れている

部屋中に菫さしたる回復期

三月の窓つい油断して透き通り
どの花も近く覗けばものを言い

山笑う茂吉の歌のぬっと出て
木は丸く花は四角のクレーの絵

金平糖ありあまる幸福のつのつの

水ばかり飲む蝶のいて木の欠伸

反る石よ力道山の墓にミモザ

杜子春の袂で孵る茹で卵

藍たつや軒に燕の帰らぬ日

周防灘蛸壺にある夢の屑

かごめかごめ振り向けばみな花の影

鳥覗く卵の国の春となり

繻子の目のサタンに出会う朧月

落花止まず日常は水の下

風だけの玩具となって桜散る

飛行船空の臓器として動く

草臥れて陽炎は母に突き当たり

桜鯛骨白きこと動かざる

抱卵やこの世に生きぬもの動く

犬攫い桜攫いの風に乗り

まて貝や身体というぬるい水

第二章

桜から魂抜く仕事夕灯り

さみしさや物置に蝶がきている

辞世の句消した跡ある早春賦

ものの芽よ三分ほどなら引き返す

甘噛みの猫の舌こそ春の骨

春闌けてつぶ貝ほどの腹の傷

落花とも残花とも在る長き昼

八雲出て蝶踏む神に出会いたり
銅板に末黒野ありて線叫ぶ

山葵田の続きこの世の外に出る

薄氷やまだ整わぬ黄泉の蓋

人体はそぼろに痒い茅花風

つばめつばめ頬に傷ある女形かな

雨鷺のゐてたましひの端つつく

遁世の鯉のおかずの薄氷

生臭き日は落椿踏んで行く

目を入れて雛はさまよう人となり

春林で余所見している母の魂

春陰の生れれば裑より畳む

春の鳶別れは爪先立って聞く

膝を病む家霊ばかりやよなぐもり

暗室に羽化の気配や春の雨

かげろふに耳生えてきて兄に似る

踏切を見に春昼の向こう側
ふらここが振り落とし影また纏う

暮れの春指鉄砲で突きし胸

身の内に野川一本遅日かな

沈下橋鬼と渡って朧なる
踊り場の安泰を吊る花明り

ノーエ節唄から唄に春の鳥

曲がり屋根牛にもならず春霞

蟻の死を蟻の言葉として跨ぐ
声という生きものの青く簀戸巡り

赤松の火照りて蟻の葬儀かな

言ってみただけなんて金魚ひらり

霍乱や水踏んで行く夢ばかり

手庇で母遠ざかる夏野原

空木咲く頃の忌日を予約せり

透き通るミツバツツジの先の母

道草の果て絹莢だけの畑

日暮坂金魚の匂い降りてくる

王羲之の書に鬼蓮の浮く時刻

裏山にまだ兄がいて百合匂う

日常の片々とあり青嵐

隣人は瘤ある男ゾラの夏

貰い湯の記憶梔子の匂いかな

枇杷包む和紙透けている卒哭忌

千羽鶴焼かれし母と行く夏野

うたたねや真葛の島になっている

ヨブ記閉ず幾百万の赤い蟻
喪の朝の朴ひらくのを待っている

寂しがる病いは癒えず胡瓜揉み

革命をくぐりし鞄に草螢

白玉や浮き上がるまで母でいる

掌の甘い中州に螢飼う

夏至の夜のヨカナンの首緑の血
せんせいと呼べば先生に似る麻衣

背信の背に万緑の鱗かな

山繭や踵浮かして生きている

山椒煮て夜の美しきを夫に言う

稲の穂の一か所倒れ雨の家

間違って植えしカンナが父の恋

天袋月夜きれいに畳む癖

チョコレートある夜親しきちちろ虫

秋菓盛る遺影隠れるほどに盛る

霧の墓一対となり歩き出す

蓼の花は死の向こうの陶器市

畳まれてセーター虫の闇を抱く

母となる運命待たず鳥渡る

泣き虫が生まれかわって草雲雀
これからは人より月を待つ世かな

白桃であるべき袋潰しきる

冥界の戸の透き通るまで月鈴子

亡骸も血飛沫もなき花野

冬瓜の胎に居座る祖霊かな

兄ふたり鶺鴒の川遡る

露の世に小説という処方箋

凩が老い百態を収集す
枯芝に死者の魂また転ぶ

雪椿人恋うことを了いとす

第九聴くこのひとときの荒星よ

狐目の待ち伏せる町雪催い

凍土なり老母の声に髯根あり

一朝は餅の数訊く母の声

ゴンドラの傾く夜なり毛糸編む

砂動く胸の中州に鶴の墓

炬燵しまう時亡者の脚畳む

冬の日の丸ごとありて腐りたる

第三章

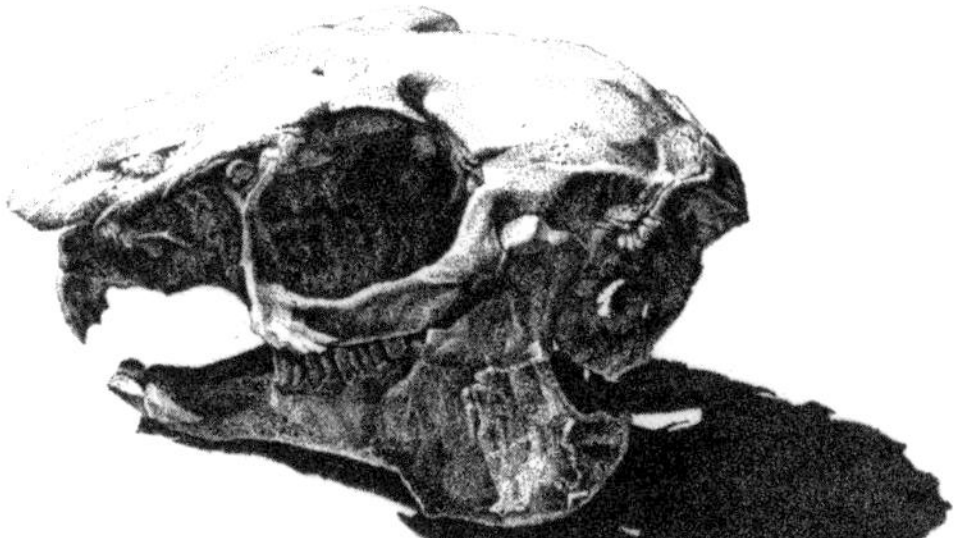

ノート伏せ永遠に雪待つ姿勢

風花の白き肉散る崩れ壁

鰤起し佐渡一枚をはためかす

小説と火を焚く時間終りけり

枯蔓を引く今生のしつけ糸

吹雪く夜斧の形を考える

地の霊の薄目している蟬氷

氷泥の果てに物書く都あり
鬼なんかいてなくてもガシラ喰ふ

谷戸ごとに笑ふ椿と海へ出る

野火ひとつ見てはならない場所で見る

雪解野に水子揃いて唄いたる
如月の龍の寝床を跨ぐかな

天使らは遠出していて牡丹雪

鬼さんこちら薄氷の手に触れる

晩節や野火なめらかに立ち上がる

陽炎の一族となる忘れ水

逆光の蒼き桜を楯として
薄墨の闇嚙んでいる流し雛

茎立ちや早世の人泳ぎ着く

静けさの偽ものの春の雨が降る

沢庵のような月見る立子の忌

半眼で見る致死量の桜散る

恐竜に恥骨ありけり春の虹

白き藤揺らしていたる末期の眼

今生に葛粉まぶして春逝けり

まっさらな付近濡らしている遅日

錆びてゆく包丁のやう惜春は

襟足に憑依のこれる薄暑かな

木々らみな青騎士になる五月闇

茆や一匙すくふ水の肝

心より臓腑明るき聖五月

萍の下に明るき黄泉の市

目を洗ふ水ひらひらと五月去る

荒梅雨といふ混沌の力瘤

六月の鏡台は廃墟の匂ひ

黒板に青鮫が来る梅雨深し

螢烏賊ぷちぷち光る座敷牢

二番出汁いつも螢の匂いかな

山百合の香が裏返す五十年
守一の蟻の形で泣く子かな

たましひの入れ替はる音走馬燈

懈怠あり土間に一斗の青き梅

糠蚊はらって百閒の冥途まで
蟻の巣に風吹いている一人かな

脱いで畳んで魂魄の片陰り
夕立に金紗着て出る亡者かな

指紋なき月人男あやめの夜

邂逅の合わせ鏡や蓮浄土

ぎしぎしの土手に父ゐる昼の月

ユダになる今日一日の合歓明り

生絹着て夏野の鬼となりにけり

郭公の軽口叱る忌中札

こころなど使わずに突く心太

蜜月の純粋結晶水海月

遠き世で茗荷刻んでいる無聊

手をついてこの世に戻る草滑り

母と娘がほどよく混じる昼寝覚め

放課後はいつも筒鳥ばかり鳴く

火蛾あまた千夜一夜の姫死せり

幼年は痛き葦笛吹くかたち

コルセットする神もゐて泉まで
剝がれやすき母性虹の根のあたり

宵宮や神の万引き見てしまふ

生類の騒がしく死ぬ晩夏かな

墓了い空蟬ふたつ投げ入れる

半生を待って桃売り過ぎにけり

後年は崩れ簗より見られけり

母の家壊せば上る赤い月

相聞や花野のはずれまでは行く

涙壺溢れ秋薔薇咲き初めし

翻る国旗の裏の露無限

囮籠を提げてサファイア色の町

祝婚歌真珠の胸の液化せり

荒野には九尾の狐霧時雨

いま一度我に弓貸せ葛の崖

頤に虫の闇ある男かな

萩の垣雨の仕事を見てをりぬ

荒野にて白露三々九度零す

草の実の吃音を聞く人とゐて

全方位別れの景色苅田風

感情のない庭が好き萩の風

露の世に触れる仔豚の貯金箱

野晒しの電池のごとき秋思かな

蓼の花亡国といふ立ち眩み

十月の魔の美しき玉鬘
吾の胸白き葦火を隠しけり

早世の露の世というカルタ切る

第四章

直立の愛リンドウの一抱え

月光の蒼き塩降るむかご飯

魔界あり立ち入り自由虫の闇

初嵐ソドムの街の雨柱

母恋いの茄子紺の茄子冴え冴え

眠り続け歩き続けて秋しんしん

枯芙蓉世界の臍に似て凋む

新しきリュック稲穂の匂いかな

野の卵烏瓜とも言ふらしき

胡桃の木あちこち透けてくる世界
生干しの日々裏返す藁の家

ラジオ壊れて九頭竜の吹雪く音

掃かれない未完の秋を改行す

蓮の実の飛ぶ音耳に入れて老う

胸底に海霧溢れさせ別れいふ

草の穂のように心亡くしけり

銀杏を涙袋のまま拾ふ

追ふ遊び逃げる遊びの片時雨

狼を呼ぶ口笛を木に習ふ

すさまじき介護ノートの白い崖
散ってみたいと手袋の五指思う

遠火事に雪虫を見る男かな

自分とは他者の容れ物鬼火くる

兎野に兎百態雪催ひ

寒卵を置くやうに坐す忌日かな

ヒヤシンス色のたましひに袖通す
朧籠ばかり行き交う夕干潟

花びらの島踏んでくる老いた神
ふらここに生涯乗らず宙漕がず

半生の梱包を解く遅日かな

追悼の苦きライオンの歯のサラダ

蜂を飼う夢を見ている「無一物」

綾取りの前方後円墳より蝶

蕨手に縁ひとつを手放しぬ

坂ごとに百閒に会う梅日和

春昼や濡れたノートで考える

花の闇嚙んで棺の落ちる音

春であるざわめきは神のオルガン

草食に飽いて鞦韆漕ぎにけり

人の世に亀鳴く島の遠ざかり

紙の家畳めば空に揚げ雲雀

アスファルト好きな陽炎敗戦記

折皺が駿河を分ける春の地図

言葉荒き女となりて酸葉嚙む

春愁や背中の痣の赤い鳥

木の心草の意気吸う穀雨降る

蕨餅切って琥珀の幼年期

新しき皿に五月の水の束
地の痣のそこが牡丹の咲くところ

新樹光涙袋をもつ仏

蟻の列神の歩幅となりて死ぬ

宇治十帖奥付けに棲む雲母虫

薫風や石の檻褸をわが胸に

まなうらに鷺ゐる水田暮らしかな

石棺に赤い蜥蜴の育つころ

一人なる真水の時間木下闇

薔薇の日も流転も遠く風騒ぐ

麦秋や倫理の人の蝶結び

ささなみといふ籠に盛る枇杷の夜

覗くたび冥府明るし夏鏡

鮫小紋着て水無月の客となり

羽虫飛ぶ分解進む父の恋

日雀鳴く生まれ変わって晒売り

水田こそ神の寝顔よ昼の月

継母の鏡の中の緑の夜

水枕ゼラチン質の夜泳ぐ

月光の寝所千畳すべりひゆ

青蚊帳に透ける水府が母の国
空瓶に雨のたましひ分けて入れ

熟れていく杏のように名を呼ばれ

指櫛をして夕螢逃しけり

梅雨明けの梁にアジアの天使寝る
相関の蟻の地図なる別れかな

遠雷の轟轟《とどろとどろ》と死の準備

心荒めと赤い蟻手に這わす

父母に内緒の夜の羽蟻飛ぶ

盂蘭盆会私のいない影法師

昆虫の目になる時刻晩夏光

死者はもう帰ってしまう谷戸の闇

戛戛と来て戛戛と去る夏の恋

遺伝子に野宿の記憶旱星

寺町を行く流し目の金魚売り
蟻動く黒々と生ききる勇気

恩寵の牢の暮れゆく蟬時雨

羅を着て招魂の風通す

真昼間の虚ろ呑む虚ろよ晩夏
ゴーヤ食う死なばもろともなんてね

ズック洗う滴のように夏終わる

青春の臓腑曝して曝書かな

垂直に生きよ袖なしワンピース

青翠を尽くし蓮畑昏れにけり

今生の闇振り分けて茄子の馬

「透きとほるわたし」に寄せて

正木ゆう子

魚住陽子の俳句について書こうとしたら、いきなり飯島晴子の「八頭いづこより刃を入るるとも」という句が浮かんだ。

句集には、俳句だけのもの、自注があるもの、文章と俳句を織り交ぜたものなどがあるが、本書は俳句のみにもかかわらず、後ろに魚住の小説の世界が幾重にも広がって、読み手を惑わすのだ。この塊を、どこからどう解したらいい?

俳句の冥利は単独で鑑賞されることにある。しかし魚住の俳句はそうはいかない。でもとにかく、私は先ずは彼女の小説世界を振り払い、俳句として最も好きな五句を挙げることから始めよう。

透き通るものみな好きで蕪煮る
金平糖ありあまる幸福のつのつの
遁世の鯉のおかずの薄氷
二番出汁いつも蛍の匂いかな
野晒しの電池のごとき秋思かな

はからずも「電池」のほかはすべて食べ物がテーマ。やっぱり、と思う。『菜飯屋春秋』という小説もあるくらい、彼女の小説にはよく料理が登場するし、彼女自身料理が好きで、得意でもあったから。俳句を作るにも、素材に事欠かず、詠むこと自体が楽しかったのだろう。

また、小説の登場人物が俳句を嗜む場合、その人物にも俳句を作らせなければならない。たとえば「蕪」の句は、『菜飯屋春秋』の主人公の親友水江さんの句だ。だからこの句は魚住陽子が作った句であると同時に、水江さんという作中人物のキャラクターも反映されているわけである。

「金平糖」の句は無季だけれど、色合いからすれば春っぽくて、明るく、それでいて、毒がある。「つのつの」と囃すようなリズムがお茶目である。ここを「つの数多」

などとしてしまえば俳句らしく纏まる。そこをわざと崩したことで、「幸福」というものを程良く批評している。

三句目、「鯉」の句は、ユーモラスでありながら、世にいう遁世なるものへの微かな揶揄が滲む。同時に、「おかず」の語の懐かしさや、生きとし生けるものの飲食の哀れも重なるという、複雑なニュアンスが素敵だ。

四句目の、「二番出汁」という、こんな言葉が俳句に使われることの新鮮さ。それと「螢」を取り合わせる意外さ。その意外さを、「匂い」という共通項で結びつける周到さ。とても上手い句だけれども、また企んで出来る句でもないだろう。おそらく経験と直感からポンと自然に生まれたのである。

五句目。「野晒しの電池のごとき秋思かな」。この句が私は一番心に沁みる。ひとことで言えば、身も蓋もない句といってもいいだろう。春愁や秋思にありがちな甘やかさの一切無い、あまりにも殺伐とした比喩であり、景である。しかし心に残るし、一見癒し系の句でないにもかかわらず、澱が心の底に静かに沈み切ったような安らかさがある。

この野晒しの「野」とは、小説『水の出会う場所』の草原ではないだろうか。

「水の出会う場所は実在するのよ」と作者が教えてくれた湿地。

偶々私がその近くの定宿に通っていることを知って教えてくれた場所は、探して行ってみると、なるほどいかにも縦横に水の出会う地形で、今や私にとっても大切な俳句の泉だ。

雪原、末黒野、草原、薄原、花野、大枯野と、行くたびに全く違う表情を見せるその草原は、土地の人さえ殆ど知らず、立ち入ることさえできない荒々しさなので、電池など落ちているはずもないけれども、どうしても其処へと思いが彷徨い出て、蕭条たる風の渡る音を聞く気がする。それにしても、なんという寂しさだろう。

「なんという寂しさだろう」というフレーズが、正木さんの『現代秀句』にあるでしょう。それで、会いたいと思ったの、と、初対面のとき魚住陽子は言った。

その言葉は確かに森澄雄の「妻亡くて道に出てをり春の暮」についての鑑賞の頁にあるが、特別な言葉ではないし、だから会いに来たという彼女の反応が意外な気がした。

しかし『水の出会う場所』の帯文にも「寂しさは惨めだろうか」という言葉があることを思えば、「寂しさ」は彼女にとって重要なキーワードなのである。それはもちろん所謂「寂しがり屋」というような表層的な意味とは無縁の、魂に関わる根源的なものであり、小説を書く動機であり、詩の核のようなものと思われた。

魚住の俳句を読んでいると、即ち彼女の小説世界に誘われるという脳のシナプスが働く。

空木咲く頃の忌日を予約せり

からは、『雨の中で最初に濡れる』へと誘われ、

六月の鏡台は廃墟の匂ひ

母と娘がほどよく混じる昼寝覚め

からは、『奇術師の家』を思い、

三月の窓つい油断して透き通り

からは、『秋の棺』を連想する。

『水の出会う場所』『菜飯屋春秋』に至っては、登場人物が俳句を趣味とする人々なので、

花梨漬け猿梨を漬け日々を漬け

零余子飯一日分の空元気

遠き世で茗荷刻んでいる無聊

なども作中人物の句として、ますます小説と分かちがたい。

句稿を読みながら、結局私はすべての彼女の本を、うちに無いものは借りてきて、

机に積み上げ、読み耽ることになった。

結論から言えば、魚住の俳句と小説を交互に読むというのは、なかなか良い思いつきである。

俳句をおかずにして小説という御飯を食べているような。俳句を肴に、小説というお酒を飲むような気分になる。ついでに両方ともをお酒に喩えると、小説がワインなら、俳句はチェイサーのスピリッツ。

本書を手にした方には、ぜひともこの読み方を試していただきたい。すでに読んでいる本でも大丈夫。彼女の小説はストーリーではないので、繰り返し聴くレコードのように、読むたびに違う印象がある。

ある人が言っていた。「私が魚住さんの小説でいちばん好きなのは『動く箱』よ。読むと体に悪いの」。

うまいことを言う。陽子さんが聞いたら、きっと気に入って、笑いそうだ。もちろんそれはその人独特の言い回しではあるけれど、確かに魚住陽子の小説は、読むと気分が晴れるというようなものではない。じつに複雑。物事はすべて何かと何かの間であり、グラデーションであり、飛躍である。上滑りしない。概念の穴に引っ張り込まれない。正確であって、デリケートで、正直である。だからこそ読む者の心の蔭に届き、深く癒しもするのである。

句会を共にした人によると、魚住は「私は俳人ではないから」と、自分の表現に固執することがよくあったという。想像するに、たとえば、

甘嚙みの猫の舌こそ春の骨

の「骨」だとか、

道草の果ての絹莢だけの畑

の「だけ」とかはその例かもしれないと思う。

俳人ならば丸く収めるところを、ざらつかせたままに残すところは、魚住の小説にも俳句にも言える彼女独特の方法であった。

『水の出会う場所』に、主人公が思いを寄せる泉という女性の俳句観が述べられた箇所がある。美しいその一文は魚住自身の俳句観でもあるだろう。

五、七、五という透き通った言葉の器ならば、もしかして水の模様をすくい取れるのではないか、そんな気がした。なんでもない日常語がカットの仕方で鋭く光る。想像を縒り合わせ、イメージを研磨すると妖しい輝きを放つ。記憶の水底を覗くと見たこともない異界の景色が写っていたりする。私にとって俳句は、ず

っと以前に諦めていた水の模様を写し取る魔法のようだった。

思えば魚住陽子と私は句会をしたことがない。句会どころか、俳句の話をした覚えもほとんどない。それればかりか、私たちは小説の話さえしなかった。小説と俳句を除けば何も残らないのに、二人で会えば何時間も、いったい何を話していたのだろう。暗い話も深刻な話も混じっていたにちがいないのに、彼女はいつもただころころと笑っていた。

編集にあたって

鳥居真里子

「句集出そうと思うの、どう思う?」。問いかけるように魚住さんが言う。少々意外な言葉に聞こえたが「すごくいいと思う。一頁に一句立ててね」と、かねてより胸にあった考えを正直に伝えた。「そうね」。受話器の向こうからいつもの晴れやかな笑い声が響いてきた。しかし、それから二週間ほどの後、電話での会話のさなか「この間の句集の話はなかったことにするわ」と言う。「どうしてなの」。何度か聞き返しても「うん、もういいの、なかったことにして」と繰り返すばかりであった。魚住さんが静かにこの世を去ったのは、その二ヶ月後のことである。亡くなる前々日には、身体の激しい痛みを押して、三十分ほど私との会話を楽しんでくれた。「私ね、俳句が巧くなりたいのよ」「痛み大丈夫?」「うん、話していると痛みも忘れるの、またね」。そんな普段と変わらないやり取りが覚めやらぬ間に、永の別れが訪れようとは誰が想像できただろう。句集出版に向けた本当の気持ちに耳を傾けることも叶わぬままに。

ご主人の加藤閑さんから遺句集のお話を伺ったのは、その年の冬のことである。手もとに届いた一二六九句の作品を前に私は少なからず緊張を覚えていた。そしてその一句、一句に眼を通すうち、まるで融通無碍に徹したかのような柔軟かつ自在な作品群に圧倒されることになる。新旧の仮名遣いしかり、有季無季しかり。窮屈そうなそうした境からしばし解放することで、魚住陽子独自の表現が動き始める。奇抜な比喩や特異な漢字の斡旋も、却って一句に落ち着きをもたらしている。小説家魚住陽子が紡ぎ出す十七音。それは死の影を忍ばせながらも、生きる刹那の真摯な眼差しに溢れていた。作者の魂が宿る一句、一句はまさしく自身の生そのものであった。

魚住さん本人を傍らに感じながらの選句作業は時のたつのを忘れさせ、時に熱いものが込み上げた。そして、最終的に絞り込んだ句数は三五二。当初の想定を上まわる数となったが、それはそれでむしろ喜ばしいことだった。夏から始まり春で終わる第一章。その後、各章ごとに順に四季を巡り四章の夏で締めくくるという構成も、句集全体に一体感を与えるものとなった。

魚住陽子の生き抜いた足跡をたどるこの編集作業は、作者の透き通る感性と共に過ごした尊く忘れ難いひとときでもあった。笑みをたたえた彼女の姿を思い浮かべながら。

あとがき

加藤　閑（画家・夫）

　一九九〇年に第一回朝日新人文学賞を受賞して作家としてのスタートを切った魚住陽子は、早くから俳句もつくっており、二〇〇一年からは同人誌「つぐみ」に俳句を取り込んだ掌編小説を発表するなど、俳句への傾倒を深めている。このころからいくつかの句会に参加し、自宅マンションの会議室で定期的に合評句会を催したりした。二〇〇六年から五年にわたり発行した個人誌「花眼」には、毎号自分とゲストの俳句を掲載している。

　ただし、俳句はつくりつづけてきたが、句集を作ろうという気持ちはなかった。何度か句集を出したらどうかと水を向けてみたが、結社によって縛られ、特定の俳人に支配されているような俳句界で句集を作る意味はないと一蹴されるだけだった。

　それが二〇二一年六月の電話句会（注）のときに突然、「鳥居さん、私が句集を出すことに何か意味あるかなぁ」と言い出したのでびっくりした。後で問いただすと、すでにタイトルも決めてあるし、版元は齋藤愼爾氏の深夜叢書社にしたいとまで言った。しかし翌日にはこの件は撤回され、二度と句集について話そうとはしなかった。この二ヶ月後、句集のことは何も明らかにしないまま彼女は不帰の人となる。

（注＝魚住は二〇一三年から、鳥居真里子氏の声掛けによる「駿の会」に参加していたが、Covid-19の流行で休会となったため、二〇二〇年から毎月、電話とメールによる「蛍鳥賊句会」を、わたしを含めた三人で行なっていた）

魚住陽子は、二〇二一年八月二二日、自宅で倒れそのまま息を引き取った。倒れる少し前まで俳句をつくっていたらしく、スマートホンにはこの日一三句がメモされていた。

本書には、「つぐみ」掲載の句から、最後のスマートホンの句まで、およそ二〇年にわたって詠まれた俳句千数百句から、鳥居真里子氏の選による三五二句が収められている。

魚住陽子は、基本的に有季定型の中で作句したが、仮名遣いや文字には特に頓着しなかった。着想が湧くとまず書かずにはいられないという心の動きだったのだろう。

同じ日の句でも、同じ言葉の仮名遣いが違うこともままある。それゆえ、一冊の書物とした場合には不統一となるが、彼女の気持ちを尊重し、一句の中での異なる仮名遣いの混在等の例外を除き、仮名遣い、文字遣いはあえて書かれたままで掲載した。

魚住陽子はよく詩歌をくちずさんだ。おりにふれ口をつくのは短歌が多く、とりわけ葛原妙子の歌を好んだ。

他界より眺めてあらばしづかなる的となるべきゆふぐれの水
水の音つねにきこゆる小卓に恍惚として乾酪《チーズ》黴びたり
暴王ネロ柘榴を食ひて死にたりと異説のあらば美しきかな

俳句を多く作るようになってからも、なぜかくちずさむのは短歌が多かったが、飯島晴子の俳句はしばしば口に登らせた。

これ着ると梟が啼くめくら縞
吊柿鳥に顎なき夕べかな

ほんだはら潰し尽してからなら退く

わたしには、これらの歌や句は、むしろ魚住陽子の小説世界に反映されていると思える。葛原妙子の歌のもつ静謐なイメージ。そして飯島晴子の句の一種高踏的なメタフォア。魚住の小説を読んでいると、そのような香りが立ちのぼってくることがある。魚住陽子の俳句にもしこれらの歌や句の影響があるとすれば、それは自身の小説を通して顕れたものだと言える。彼女の俳句は、小説と地続きという感が強い。小説を引用できないので分かりづらいが、俳句としては空間と時間のレンジが広いと感じないだろうか。

そう思うのは、彼女の俳句に動いているものが多いからかもしれない。俳句というと一瞬の動きを切り取った静止した描写という印象があるが、魚住陽子の句は一句のなかで何かが動いたり、時間が経過したり、事象が変化したりしている。

秋の椅円李朝白磁の壺に入り
冬の日の丸ごとありて腐りたる
遠き世で茗荷刻んでいる無聊

いま一度我に弓貸せ葛の崖
心荒めと赤い蟻手に這わす
青翠を尽くし蓮畑昏れにけり

ここで、魚住陽子が四〇年近くにわたって闘い続けた病気のことを書いておきたい。小説にせよ、俳句にせよ、彼女には、病気があったからこういう表現を選んだと考えられる部分が少なくない。

異常なだるさを感じて診察を受けた病院で、腎臓の数値が落ちていることを告げられたのは三十代前半のことだった。いくつかの病院を受診し、様々の療法を試みたが数値は着実に悪化していった。そして三八歳のとき（一九九〇年）、慢性腎不全による透析治療を余儀なくされた。一日置きに血液を機械に通し、本来なら腎臓が除去する老廃物を取り除く。

それによって透析を受けている以外の時間は健常者に近い生活ができる。人によっては透析を抵抗なく受け入れ、限られたた生活を楽しむケースも少なくない。しかし魚住陽子は、最後まで透析に慣れることができなかった。

透析導入から一五年近く経った二〇〇四年、わたしをドナーとして腎臓移植に踏み切った。医学は血液型の違う腎臓を移植できるまで進歩していたが、免疫抑制剤による副作用の苦しさは想像以上のものだった。それでもこれによって、あれほど辛かった透析から解放されたのは事実だった。

わたしたちは移植された腎臓に「ジンタロウ」と名付けて大切にすることにした。実際、彼女は痛々しいほどジンタロウを大事にした。彼女は帯状疱疹に二度罹っているが、あの激しい痛みを、鎮痛剤は腎臓に負担をかけるというので、一日一錠に抑えて乗り切った。そういうことは枚挙にいとまがない。しかし移植腎には寿命があり、ジンタロウも徐々に徐々に数値を悪化させていった。

主治医から、腎臓はもう機能しないから透析の準備をすると告げられたとき、彼女の言ったことが忘れられない。

「私はこの腎臓がずっともつものだと信じていた。移植患者が何人も透析に戻っていくのを見ていたけど、自分は絶対にそうならないと思っていた。私はいつもジンタロウと会話してたの。ジンタロウおはよう、ジン君元気、きょうは暑いねぇとか。でもね、あるときふっとジンタロウが遠のく感じがあった。いままでお互いに言葉をかけあっていたのに、急にどこかに行ってしまったような。それに私はすごくうろたえたの。自分でも驚くくらいうろたえた。」

そのうろたえたところを彼女はわたしに見せていない。苦しいことは自分の中で処理し、表には決して出さない強さをもった人だった。

透析に戻ってしばらくすると、新型コロナウィルスの流行により、外出がままならなくなった。特に透析で定期的に病院に行く身としては、感染は絶対に避けなければならない。それでも彼女は、流行が治まったら出かけたいと、ブルーのコートを買い、白いリュックを買い、グレーの帽子を買った。それらを身に着け、何度も鏡に映しては、出かけられるのを心待ちにしていた。しかし、それは叶わぬまま、彼女は死を迎えた。リュックと揃えて注文した靴が届いたのは死の翌日だった。

本句集『透きとほるわたし』を上梓するに当たり、収録句の選をお願いできるのは、晩年「駿の会」等で俳句活動を共にし、お互いの句を認め合っていた鳥居真里子氏をおいて他にはないと思った。鳥居さんは魚住陽子の作品に強い共感を持って選句、編集をしてくださった。心よりお礼申し上げたい。また、「花眼」最終号に作品を寄稿していただくなどかねてより親交があり、小説作品まで包括した視座から丁寧に読み込んだ跋文をお寄せいただいた正木ゆう子さん、魚住の意を汲んですばらしい書物に仕上げてくださった旧知の深夜叢書社社主齋藤愼爾さんにも深く感謝の意を表したい。

魚住陽子句集の成立は、この三名のチーム力に寄るところが大きかったと信じている。ほんとうにありがとうございました。

さらに、造本の面から魚住陽子句集に命を吹き込むにとどまらず、齋藤愼爾氏を扶けて実務を担っていただいた装丁家の髙林昭太氏、また、「つぐみ」や句会の資料をご提供くださった句友つはこ江津さん、原稿作成や校正に力をお貸しいただいた古くからの友人松村陽子さんにもお礼を言いたい。

そして何よりも、この句集を手に取り、最後まで読んでいただいた読者の方々に、魚住陽子と共に感謝申し上げます。

二〇二二年六月

魚住陽子《うおずみ・ようこ》

一九五一年、埼玉県生まれ。埼玉県立小川高校卒業後、書店や出版社勤務を経て作家に。一九八九年「静かな家」で第一〇一回芥川賞候補。一九九〇年「奇術師の家」で第一回朝日新人文学賞受賞。一九九一年「別々の皿」で第一〇五回芥川賞候補など。二〇〇〇年頃から俳句を作り、「俳壇」などに作品を発表。二〇〇四年、腎臓移植後、二〇〇六年に個人誌「花眼」を発行。著書に、『奇術師の家』（一九九〇年、朝日新聞社、のち朝日文芸文庫）、『雪の絵』（一九九二年）『公園』（一九九二年）『動く箱』（一九九五年、いずれも新潮社）、『水の出会う場所』（二〇一四年）『菜飯屋春秋』（二〇一五年、いずれも駒草出版）がある。二〇二一年八月に腎不全のため死去。没後の二〇二二年六月に『夢の家』（駒草出版）刊行。

◎跋文

正木ゆう子《まさき・ゆうこ》

一九五二年、熊本市生まれ。お茶の水女子大学卒業。一九七三年より能村登四郎に師事。句集に『水晶体』（私家版）、『静かな水』（春秋社、第五十三回芸術選奨文部科学大臣賞受賞）、『羽羽』（春秋社、第五十一回回蛇笏賞受賞）など、評論集に『現代秀句』（春秋社）ほか。

◎編集

鳥居真里子《とりい・まりこ》

一九四八年、東京都生まれ。一九八七年、鈴木鷹夫主宰の「門」創刊とともに入会。一九九七年、坪内稔典代表の「船団の会」入会。現在「門」主宰。句集に『鼬の姉妹』（本阿弥書店、第八回中新田俳句大賞受賞）、『月の茗荷』（角川書店）がある。

透きとほるわたし

二〇二二年八月二十二日　初版発行

著　者　魚住陽子
編　者　鳥居真里子
発行者　齋藤愼爾
発行所　深夜叢書社
郵便番号一三四―〇〇八七
東京都江戸川区清新町一―一―三四―六〇一
info@shinyasosho.com
印刷・製本　株式会社東京印書館

ISBN978-4-88032-473-9 C0092